몽지네
앨범

반짝이던 어린 날의
추억과 그리움

몽지네
앨범

박서현
그림에세이

노트북

"그때는
예쁜 것 같은 순간엔 그냥 다 사진을 찍었어."

엄마의 그 시절은
한 녀석 씻겨 놓으면 다른 녀석이 한쪽에서 말썽을 피우고,
한 녀석 재우면 다른 녀석이 깨는, 정신없는 육아의 시간이었을 거예요.
그런데 내 앨범에는 하루가 멀다 하고 찍어 둔
우리의 아기 시절 사진들이 참 많아요.
36컷을 찍을 수 있는 필름이 들어가는,
당시 아빠의 한 달 월급만큼 비쌌던 카메라로
엄마는 아기들의 순간순간을 부지런히 필름에 담았어요.

그때 너희는 참 예뻤고,

너희를 사랑해서 정성스레 키웠고,

그 시절이 참 정겹다고….

엄마는 어제 일처럼

그때를 추억하며 행복해했어요.

차례

프롤로그   4

그림의 시작   9

이야기의 시작   13

어린 날의 기억

섬마섬마   16

걷는 연습   19

내가 찾은 것들   21

집중의 볼때기   22

동생이 예뻐요   25

너무 쪼그매서   27

거북이 장난감   28

아빠의 시선   31

찰박찰박 물장난   32

여름나기   33

자울자울   35

인형 어부바   37

가을, 작은 운동회   38

고구마밭 소풍   40

내 얼굴만 한 나뭇잎   43

그때 우리는

또각또각 엄마 구두   47

목련이 피었어요   49

얼굴 마주 보며 생긋   50

사랑은 돈가스 맛   53

애착 쿠션   55

우리 동네 언니들   57

예쁘게 꾸민 날   59

자판기 코코아   61

우리에겐 다 놀이터   62

거기, 음료수가 맛있었던 곳   65

버스 타고 동물원 가는 길   67

크게 입는 게 유행이었던 이유   68

형아만 믿어!   71

갈아입을 옷이 없을 때는   73

그때 우리는   74

가을, 겨울, 봄, 여름

내 잠자리	78
뼁뼁이	82
크리스마스 공연 연습	85
눈송이 캠프	86
오빠, 이것도 받아!	88
샴푸 도깨비	91
왜냐면 내가 너 좋아하니까	92
남는 건 사진	95
분필 그림	96
졸업식 때 행복했던 아이	99
병설 유치원	101
들어오세요	103
아지트	105
사랑 유전자	106
엄마의 레시피	108
이웃사촌	111

삼 남매가 되었어요!

내 동생 곱슬머리 몽지	114
아빠의 친구	116
아기 냄새가 나요	119
내둘내둘	121
어린이집 버스가 오면	124
쭈쭈바 꼭지	126
눈처럼 맑은	128
머리 위로 하트를 할 수 있어요	131
창의력 대장	133
편안해요	134
언니가 잠든 사이	137
언니 미용실	138
놀이가 되는 마법	140
사촌 오빠 좋아	142
냉장고를 열고	144
근육맨	145
우산을 나눠 쓰는 삼 남매	146
너에게 난	149
월동 준비	150
호박죽	153

부록 1 _ 사춘기

진실게임	157
사실은 말이지, 그때	158
꿈을 꾸는 동안	162
반 티	165
그때 듣던 노래	167

부록 2 _ 엄마의 앨범

엄마의 수학여행	170
이불 밑이 따끈따끈	173
어느 유난히 예뻤던 날	176

에필로그	178

멜빵바지를 입은 우리 엄마

그림의 시작

어느 날, 앨범 속에서 멜빵바지를 입은

앳된 모습의 엄마를 보았어요.

그 모습이 너무 예뻐서 그림으로 그렸어요.

엄마는 그림을 보더니 무척 즐거워했어요.

"이런 시절이 있었지." 하며 행복하게 들려주는

엄마의 그 시절 이야기가 참 정겨웠어요.

엄마의 이야기를 더 듣고 싶어서

엄마가 반가워할 만한 그림을 더 그려 보기로 했어요.

이야기의 시작

어렸을 때는 엄청나게 큰 골목인 줄 알았는데,

어른이 되어 옛날 집을 찾아가 보니

아주 작은 동네의 작은 골목이었어요.

기억 속에서는 대문도 크고 담도 높았었는데

겨우 내 키를 조금 넘는 아담한 대문이었어요.

내가 큰 만큼 작아진 집은, 마치 시간이 멈춘 듯…

그 시절의 이야기를 품고 낡은 채로

나를 기다리고 있었어요.

한 발짝, 한 발짝.
걷는 연습을 해요.

넘어지면 아빠가 잡아 줄게,
넘어져도 괜찮아.
다시 일어나서 또 걸으면 되니까.
또 해 보자.

어린 날의 기억

섬마섬마

아빠가 한 손으로 아기의 두 발을 잡고 '섬마섬마'

아기는 흔들흔들 중심을 잡으면서 '섬마섬마'

우리는 이렇게 서는 법을 배웠어요.

아슬아슬 위험해 보이지만

아빠랑 아기는 그저 편안해 보여요.

둘만의 안정적인 자세를 찾아낸 것 같으니

잠시만 이대로 있게 해 줘도 괜찮을 것 같아요.

걷는 연습

아들, 조심. 오오, 조심, 조심.

한 발짝, 한 발짝.
걷는 연습을 해요.

넘어지면 아빠가 잡아 줄게,
넘어져도 괜찮아.
다시 일어나서 또 걸으면 되니까.
또 해 보자.

내가 찾은 것들

"내가 찾아왔어!"

오빠는 밖에 놀러 나갔다 들어올 때면

돌멩이나 나뭇가지, 구슬이나 비비탄 총알 같은 것들을

주머니에서 꺼내 놓으면서 자랑스럽게 말하곤 했어요.

어른의 눈에는 하찮은 것들이 어린 마음에는 보물 같아 보였나 봐요.

그림 속의 세발자전거도 오빠가 동네 어귀에서 주워 온 것이었어요.

우리 집에 있는 세발자전거가 오빠가 주워 온 것보다 더 좋고 새것이었지만

오빠는 손잡이 한쪽이 없고 색도 바랜,

주워 온 세발자전거를 보물처럼 타고 다녔답니다.

집중의 볼때기

갑갑한 바지는 벗어 버리고 편안하게.
쿠션에 비스듬히 등을 기대고 다리를 한쪽으로 괸 채로
텔레비전의 만화를 보곤 했어요.
만화에 빠져들수록 볼때기와 입술도
통통하게 툭 튀어나왔어요.

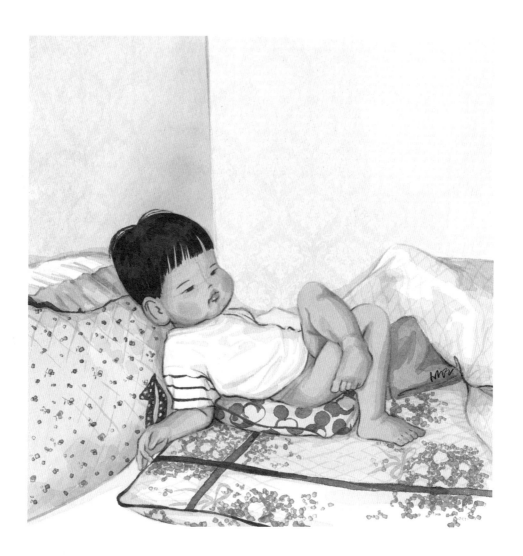

동생이 예뻐요

"오빠는 아기 때부터 너를 참 예뻐했어."
"네 위에 몸을 기울이길래 깔아뭉개는 줄 알고 깜짝 놀랐는데,
알고 보니 뽀뽀하는 거였더라고.
뽀뽀한다고 네 볼에 침을 잔뜩 발라놓곤 했어."

뭉글뭉글 물에 적당한 농도로 풀어진 과슈*처럼 마음이 몽글몽글해지는 이야기.
처음으로 과슈를 써서 그림을 그려 보았어요.
맑고 경쾌한 느낌이 나는 수채물감과는 다르게
과슈는 마치 생크림 케이크처럼 부드럽고 텁텁한 느낌이 들었어요.
투박한 느낌이 나지 않을까 걱정했지만, 오히려 파스텔톤의 보들보들한 색감이
그림 속의 이야기를 잘 표현해 주는 것 같아서 좋았어요.

* 과슈 : 수용성의 아라비아고무를 섞은 불투명한 수채물감 또는 이 물감을 사용하여 그린 그림이에요.

너무 쪼그매서

"보행기를 탈 때가 되긴 했는데,
너는 너무 작아서 베개를 등에 받쳐 놓았었어."
"넌 정말 너무 작아서 걸어 다닐 때도 손을 잡으면
손이 쏙 빠질 것 같았어. 그냥 안고 다니는 게 마음이 편했지."
나는 어릴 때부터 유난히 작다는 말을 많이 듣고 컸어요.
지금도 많이 큰 편은 아니지만, 작은 편도 아닌데
딱 평균으로 잘 컸는데
엄마는 여전히 나를 '찌깐이'라고 불러요.

엄마
찌깐이 밥은 먹었니? 오후 8:41

응응 아까 먹엉엉

27

거북이 장난감

어린 시절 좋아했던 거북이 장난감.

아기 거북이를 쭉 잡아당기면 노래가 나오면서

아기 거북이는 엄마 거북이 뒤를 졸졸졸 따라갔어요.

엄마는 이 그림을 보고 거북이 장난감보다

아기 시절의 나를 더 반가워했어요.

"이 아기 옷, 배냇저고리가 아기 저고리 느낌이라 너무 좋다."

오늘도 엄마는 내 그림을 보며 행복해합니다.

아빠의 시선

아빠는 늘 식구들의 모습을 카메라에 담았어요.
우리 가족이 좋은 데로 놀러 갈 때마다,
특별한 일이 있을 때마다, 혹은 그냥 평범한 어느 날에도
우리를 향한 아빠의 시선은 멈추지 않았어요.
아빠의 시선이 담긴 한 컷, 한 컷은
언제 봐도 정겹고 즐거운 추억이 되었지요.
사진 속, 그날의 바닷가…
카메라 너머에 있던, 셔터를 누르던 아빠의 마음도
사진 속에 함께 담겨 그리움으로 어려있어요.

찰박찰박 물장난

노는 데 잔뜩 집중하면 볼때기랑 입술이 앞으로 툭 나와요.

언제나 재미있는 찰박찰박 물장난.

여름나기

7월은 마당에서 목욕하기 좋은 계절이에요.

아직도 빨간 고무대야에 쏙 들어가는 녀석이 있어서 다행이에요.

자울자울*

긴 하루 동안 놀고, 놀고, 놀고, 또 놀았으면서

밤이 오는 게 아쉬웠어요.

밤이 오면 졸리고, 졸리면 자야 하고, 자면 더 놀 수 없으니까요.

쏟아지는 졸음에 눈꺼풀이 점점 무거워지지만

나는 아직 잠들 수 없어!

눈앞에 꿈나라가 아른거려도 잠들지 않으려고 버티곤 했지요.

* 자울자울 : 잠이 들 듯 말 듯하여 몸을 앞으로 숙였다 들었다 하는 모양을 나타내는 말이에요.

인형 어부바

슈퍼 히어로가 걸치는 망토 같은 포대기.
가장 좋아하는 인형을 골라서 등에 얹고
엉거주춤한 자세로 포대기를 둘러요.
잘 안될 때는 엄마의 도움을 받아 포대기를 두르고
허리춤에 끈까지 야무지게 묶었어요.
그런 내 모습이 너무 멋져서
입가에 만족스러운 미소가 돌았지요.

가을, 작은 운동회

세발자전거 경주, 훌라후프 돌리기,
밀가루 속에서 사탕 찾아 먹기…
우리끼리 하는 작은 운동회.
내 순서가 되면 나가서 열심히 몸을 움직이면서
눈으로는 엄마가 나를 잘 보고 있는지
엄마들 사이에서 우리 엄마를 찾느라
두 배로 바빴답니다.

고구마밭 소풍

햇볕이 쨍쨍 화창한 날, 고구마밭으로 소풍을 갔어요.
농부 아저씨가 일궈 놓으신 밭에 앉아 호미로 흙을 살살 걷어 내면
보물을 발견한 것처럼 반가운 고구마가 쏙쏙 나왔어요.
한참을 쪼그려 앉아 고구마를 캐다가 고개 들어 하늘 한 번 보고
우리가 캔 고구마를 들고 기념사진까지 찍으면
소중한 또 하나의 추억이 쌓였어요.
우리 또래의 필수 코스였던 즐거운 소풍날의 기억.

내 얼굴만 한 나뭇잎

아빠랑 산책하다가 멋진 나뭇잎을 주웠어요.
"와, 이거 엄청나게 크다. 멋있는 가면 같다!"
온 세상을 다 가릴 수 있을 만큼
커다란 나뭇잎이었어요.

"오빠 손 놓으면 안 돼."

그때 우리는 둘 다 작은 꼬마였지만,
나에게 오빠는 무척 믿음직했고
낯선 길을 하나도 무섭지 않게 해줄 만큼
큰 존재였어요.

그 때 우 리 는

또각또각 엄마 구두

또각또각 소리도 재미있고,
까치발을 들게 되는 모양도 재미있었어요.
몇 발짝 걸어 보니 조금 불편했지만
내 눈엔 예쁘기만 한 엄마의 구두.
어른이 되면 엄마 구두가 편해지겠죠?

그런데 예쁜 구두가 여전히 불편한 걸 보면
나는 아직 어른이 덜 된 걸까요?

목련이 피었어요

겨우내 앙상하게 가지만 남았던 나무에
하얀 바닐라 아이스크림 같은 목련이 피었어요.
옥상에 올라가면 꽃을 더 가까이 볼 수 있었어요.
알록달록한 지붕들 너머로 초록이 시작되는 산이 보이고
좀 쌀쌀한 날씨였지만, 신선한 봄 냄새도 맡았답니다.

얼굴 마주 보며 생긋

내가 대여섯 살쯤 되었을 때, 유치원 버스가 우리 남매를 빼먹고 가서
오빠랑 둘이 조금 먼 길을 걸어 집에 왔던 적이 있었어요.
버스가 다니는 길을 따라 걸으며 오빠가 계속 말했어요.
"오빠 손 놓으면 안 돼."
"길을 잃어버리면 엄마도 못 보고, 아빠도 못 보거든."

그때 우리는 둘 다 작은 꼬마였지만,
나에게 오빠는 무척 믿음직했고
낯선 길을 하나도 무섭지 않게 해줄 만큼 큰 존재였어요.

사랑은 돈가스 맛

엄마가 똑같이 만들어서 똑같이 나누어 담아 준 돈가스.
오빠 돈가스는 무슨 맛일까, 내 거랑 같은 맛일까 궁금했어요.
"오빠, 오빠 거 맛있어? 내 거도 한 번 먹어 봐."

애착 쿠션

이유를 설명하기는 어렵지만, 만지면 기분 좋은 느낌들이 있어요.

나는 어렸을 때 쿠션에 붙은 리본을 만지작거리는 거랑

베갯모서리 세모난 부분을 손가락으로 폭폭 누르는 느낌을 좋아했어요.

하도 만지고 비벼대서 결국 쿠션 리본은 똑 떨어져 버렸고

베갯모서리는 허옇게 닳았지만

나와 오랜 시간 함께해서 남은 흔적이라 그것마저도 좋았어요.

우리 동네 언니들

우리 동네에는 우리랑 잘 놀아주는 세 자매 언니가 있었어요.
언니가 없는 나는 오빠랑 놀아도 재미있었지만
언니들이랑 놀면 더 재미있었어요.

예쁘게 꾸민 날

엄마랑 외출하는 날이었어요.

엄마는 항상 우리 먼저 다 챙겨놓고 엄마를 챙겼어요.

간만의 외출에 말끔하게 단장시켜 놓으니

엄마는 문득 사진으로 남겨 놓고 싶었나 봐요.

우리 집 마당은 갑자기 스튜디오가 되고

사진사는 엄마, 나는 모델이 되었어요.

특별한 기념일도 아닌 보통날이었을 텐데,

엄마가 사진으로 남겨 준 덕분에 그날도

두고두고 볼 수 있는 소중한 하루로 남아 있어요.

자판기 코코아

이모가 놀러 왔어요.
이모는 늘 우리 마음을 딱 알아맞혀요.
우리가 먹고 싶은 간식도 사 주고
늘 재미있는 시간을 보냈어요.
이모랑 놀러 나가다가 자판기를 봤는데,
내 마음을 이모가 또 읽었는지
자판기에서 달콤한 코코아를 뽑아 줬어요.
이모랑 있으면 항상
달달하고 행복했어요.

우리에겐 다 놀이터

조금 특이하고 불편하게 생긴 미끄럼틀인 줄 알았는데,
조금 커서 알고 보니 운동기구였더라고요.
오빠랑 나는 쓰임새를 몰랐던 이 운동기구에서
미끄럼틀을 타고, 거꾸로 걸터앉아서
우주선 놀이를 하며 재미있게 놀았어요.

거기, 음료수가 맛있었던 곳

그날 갔던 곳이 어디였는지 기억나지 않지만,
그곳에서 엄마가 평소엔 잘 사 주지 않던
음료수를 사 주셨어요.
엄마가 음료수를 사 줘서 행복했던 곳!
그날의 나들이에 대한 기억이에요.

버스 타고 동물원 가는 길

엄마랑 이모들이랑 동물원에 갔어요.

큰 이모도 있고, 작은 이모랑 막내 이모도 있고,

일행이 많았는데 함께 버스를 타고 갔어요.

버스는 엄마랑 둘이 타도 재미있지만

이모들이랑 가족들이랑 같이 타고 가면 더 재미있었어요.

동물원으로 가는 길부터 설레고 들떠서

버스 안에서부터 사진을 찍었던

신나는 날이었어요.

크게 입는 게 유행이었던 이유

내년에도 입고, 내후년에도 입어야 하니까.
외투는 특히 다른 옷보다 더 오래 입어야 하니까.
우리들의 옷소매가 항상 두 번씩 접혀 있었던 이유랍니다.
그렇게 오빠가 입다가 작아진 옷 중에
깨끗하고, 상태가 좋고, 여자아이에게도 어울리는 옷은
내 옷이 되었답니다.

형아만 믿어!

사촌 동생이 놀러 왔어요. 오빠는 사촌 동생을 무척 좋아했어요.
가끔은 나보다 동생을 더 챙기는 것 같아 질투가 나기도 했지요.
"형아~ 형아~" 하고 오빠를 따르는 동생을 세발자전거 뒤에 태우고
오빠는 동네 구경을 시켜 주었어요.

형아가 먼저 느껴 본 신나는 스피드,
형아가 먼저 탐색해 둔 문방구,
형아가 멀리 나갔다가 헤맸던 길,
형아가 새로 발견한 집에 오는 지름길,
잘 잡고 있어. 형아가 다 보여 줄게!

동생을 뒤에 태운 형아는 평소보다 조심스럽게 페달을 구르고,
형아 뒤에 찰싹 붙은 동생은 손잡이를 꼭 쥐고 들썩들썩 신이 났어요.

갈아입을 옷이 없을 때는

엄마가 차에 갈아입힐 옷을 가지러 간 사이,
내가 찾아서 입고 나온 옷은…
아빠 러닝셔츠!
씻고 나서 보송보송 개운한 느낌에
헐렁한 아빠 러닝셔츠 안에서 살랑살랑 닿는
바닷바람의 간질간질한 감촉.
여름휴가의 추억과 그때 느꼈던 기분들이
지금도 아스라이 느껴지는 것 같아요.

그때 우리는

어렸을 때는 아빠 친구 딸, 아빠 회사 동료의 딸,
이런 낯선 친구도 만나면 금세 둘도 없는 친구가 되어서
꽁냥꽁냥 잘 놀고, 헤어지면 보고 싶어 했었어요.
커서 그 친구들을 오랜만에 만나니 반가움도 별로 없고,
어렸을 때 그렇게 친했다는데 기억도 잘 나지 않고
서먹하고 데면데면하기만 했어요.
살다 보면 만나고, 헤어지고, 잊고 사는 인연들이
참 많은 것 같아요.

어딘가에 오빠가 있다는 생각만으로도

안정감을 느낄 수 있었어요.

떨어져 있어 보니 더 애틋해진 마음.

집에 가면 잘해 줄게, 오빠.

이 마음이 얼마나 오래 갈진 모르겠지만 말이야.

가을, 겨울, 봄, 여름

내 잠자리

오빠는 메뚜기도 잘 잡고, 방아깨비도 잘 잡고, 잠자리도 잘 잡았어요.

나는 아무리 살금살금 다가가서 잽싸게 휘둘러도 허탕만 쳤지요.

오빠는 나를 위해 잠자리를 잡아 줬어요.

"얘는 네 잠자리야."

잠자리 날개를 모아 잡고 손바닥에 대면

잠자리가 다리를 움직여서 간질간질한 느낌이 재미있었어요.

손가락 사이에 땀이 차서 잠자리가 날지 못하기 전에

하늘로 다시 훠이- 날려 보내 줬어요.

뺑뺑이

오래된 놀이터에 녹슨 뺑뺑이.
어른이 되어서는 만지기도 꺼려지는 녹슨 뺑뺑이가
어렸을 때는 그렇게 재미있었어요.
오빠가 뺑뺑이를 돌리다가 재빨리 올라타면
손잡이를 꼭 잡고 고개를 쭉 뻗어 같이 하늘을 보며
"아~"소리를 내면서 빙글빙글 돌았어요.
나는 너무 오래 빙빙 돌면 멀미가 나서
잠깐만 타야 재미있었던 뺑뺑이.

크리스마스 공연 연습

기다리는 것만으로도 설레었던 기분 좋은 크리스마스.
크리스마스를 기다리며 주일학교 언니, 오빠들과 교회에 모여
작은 공연을 준비했어요.
막상 공연하는 날보다 공연을 준비하는 시간이 더 들뜨고 즐거운 건
이 설렘이 끝나는 게 아쉬워서 그런 거였을까요?

눈송이 캠프

겨울 캠프에 가면 오빠는 7세 반에서, 나는 6세 반에서
같은 공간 안에서 각자 다른 일정을 보냈어요.
캠프 일정이 진행되는 동안 오빠를 만나기는 어려웠지만
여기 어딘가에 오빠가 있다는 생각만으로도 안정감을 느낄 수 있었어요.
그러다 눈사람 앞에서 사진을 찍는 시간에 드디어 만난 오빠는
유난히 더 반가웠어요. 떨어져 있어 보니 더 애틋해진 마음.
집에 가면 잘해 줄게, 오빠. 이 마음이 얼마나 오래 갈진 모르겠지만 말이야.

오빠, 이것도 받아!

오빠의 유치원 졸업식 날.
나는 오빠에게 주려고 예쁜 튤립 꽃다발을 들고 왔지요.
졸업장과 졸업 선물까지 한 아름 안고 있는 오빠에게
자랑스러운 눈빛을 보내며 말했어요.
"이것도 받아, 오빠! 축하해!"

왠지 모르게 뿌듯하고 상기된 기분.
오빠는 넘치는 사랑과 축하의 선물에 버거워 보였지만
나는 마냥 뿌듯하고 행복했어요.

샴푸 도깨비

엄마는 머리를 감겨 줄 때마다 항상 비누 거품으로 장난치며 놀아줬어요.

거품이 묻은 젖은 머리를 찹찹 쓸어 올려서

"외뿔 도깨비!"

반으로 또 찹찹 갈라서

"쌍뿔 도깨비!"

거울에 비친 내 모습은 정말 영락없는 꼬마 도깨비였어요.

깔깔깔! 으하하!

욕실에서 웃음소리가 나면 궁금한 아빠가 와서 슬그머니 들여다보고,

가만히 보다가 말없이 웃고 가셨답니다.

왜냐면 내가 너 좋아하니까

우리 아파트에는 내 또래의 남자친구들이 서너 명 정도 살았어요.

같은 또래 중에 여자아이는 나뿐이었어요.

다행히 남자친구들은 유일한 여자아이인 나를

놀 때마다 항상 끼워 주었어요.

친절함을 넘어 극진하게 대해 주었어요.

친구들은 나에게 말하곤 했어요.

"다른 애가 괴롭히면 말해, 내가 너 지켜 줄게!"

언제나 내 편이 되어 주겠노라고 약속도 했었답니다.

순수한 마음과 솔직한 표현이 자연스러웠던 일곱 살 친구들이었어요.

남는 건 사진

고구마밭으로 소풍을 갔어요.

그때 나는 일곱 살, 오빠만큼 일을 잘 할 수 있는 나이였어요.

우리 소풍에 엄마들도 같이 따라와서 더 신이 났어요.

나는 사진을 찍는 데마다 참견하며 프레임 안으로 끼어들었어요.

어른들이 귀여워하며 같이 사진을 찍게 해준 덕분에

모든 사진마다 내가 들어가 있답니다.

분필 그림

일곱 살이 되자 병원과 건널목을 그릴 줄 알게 되었어요.

그래서 한동안 그릴 수 있는 공간만 보면

네모 모양 병원과 화살표가 있는 건널목을 열심히 그렸어요.

구두 그리는 법을 알게 된 뒤에는

사람을 그릴 때마다 구두를 신은 모습이었고,

나뭇가지 그리는 법을 알게 된 뒤에는

그림마다 가지가 있는 나무를 그렸어요.

내가 새롭게 배운 것이나 일상에서 본 모든 것은

내가 그리는 그림에 담겼어요.

졸업식 때 행복했던 아이

소풍날이나 졸업식 날 같은 특별한 날,
평소와는 다른 공기를 느껴 보셨나요?
뭔가 더 신선하고 상쾌한, 설레는 공기가 느껴지는 날이요!

대학교 졸업식 날, 그날도 차갑고 신선한 겨울 공기에 마음이 설레었어요.
한껏 들떠서 친구들과 학교 이곳저곳에서 사진을 찍으러
종종종 뛰어다니는 나를 보며 엄마는 웃으며 말했어요.
"너 지금, 일곱 살 때랑 똑같아."
특별한 날에 특별히 신나는 기분을 여과 없이 표현하는 건
버릇처럼 변함이 없었나 봐요.

병설 유치원

1학년인 오빠와 같이 등교하면 너무 이른 시간이라
유치원 교실 문은 늘 잠겨 있었어요.
난 유치원 문 앞 복도에 쪼그려 앉아 선생님을 기다렸어요.
기다리다 보면 나처럼 일찍 오는 친구들이 있어서
같이 쪼그려 앉아 있었어요.
얼마나 기다렸을까,
선생님이 오셔서 문을 열어 주시면 뛰어 들어가
출석 카드를 먼저 내려고 아옹다옹한 후
아직 조금 추운 교실에서 갖고 놀 장난감을 하나씩 집었어요.

들어오세요

집에 있는 모든 것들로 놀이를 할 수 있었던 시절,
우산은 아주 훌륭한 놀잇감이었어요.
특히 아빠 우산은 아빠 품처럼 크고 넉넉해서
하나만 있어도 오빠랑 둘이 들어가 놀기에 딱 좋았죠.
우산을 펼쳐 놓고 비디오테이프로 빙 둘러 담까지 쌓으면
우리만의 소중한 우산집 짓기 끝-!
우산집에서 도란도란 소꿉놀이하다가 스르르 잠이 들면
우산 빛깔로 머리에 비추는 햇살이 참 따뜻하고 좋았어요.

아지트

오빠가 쓰다가 내가 쓰고, 동생이 물려받은 책상.
스티커란 스티커는 다 가져다가
오빠랑 책상에 붙였던 날도 기억나고,
초등학교 고학년이 되어 그 스티커들을 다 긁어서
떼어내느라 한나절을 보냈던 기억도 나요.
책상 밑은 오빠와 나의 아지트였어요.
그냥 들어가서 놀아도 재미있고, 이불을 가져다가 덮고
안에서 스탠드를 켜면 더 아늑한 아지트를 만들 수 있었어요.
지금은 책상 주인인 동생의 굿즈 창고가 된 책상 밑 아지트.
여전히 누군가의 아지트 역할을 톡톡히 해 주고 있어요.

사랑 유전자

오빠가 군 제대를 하고 얼마 뒤, 취업을 위한 중요한 시험에 합격했어요.
합격 발표 날, 많은 친구에게 축하를 받고 기쁨을 나누었다는 오빠가
집에 들어서서 현관에 나온 엄마를 보더니
들고 있던 가방을 맥없이 툭,
긴장도 툭, 서럽도록 기쁜 마음도 툭, 눈물이 왈칵.
그간의 고생과 엄마에 대한 미안하고 고마운 마음,
엄마에게 가장 축하 받고 싶었던 마음들이 한꺼번에 몰려와
다 큰 청년이 현관에 서서 엄마를 끌어안고 엉엉 울었답니다.

시간은 흐르고, 우리는 아이에서 어른이 되었어요.
오빠는 엄마보다 더 크고 넉넉한 품을 가진 청년이 되었지만,
여전히 엄마 품에서만큼은 어릴 때처럼
밖에선 감추었던 감정들도 다 풀어놓는 '아들'이 되는가 봐요.

엄마의 레시피

요리하다가 잘 모르겠을 땐 엄마한테 전화하기.
엄마의 요리법은 블로그 레시피보다 더 쉽고 건강한 방법일 때가 많아요.
"설탕 넣을 필요 없어."
"소금으로 무치는 것보다 간장으로 무치면 더 맛있어."
"파 향으로 먹는 거라 파만 넣어도 돼."
엄마에게는 가족의 건강을 생각하며 터득한 요리법이 있고,
나에게는 익숙한 엄마의 손맛에 관한 기억이 있으니
엄마한테 물어보는 게 가장 정확하더라고요.

단, 주의사항.
"적당히" 넣고 "요만큼" 썰고 "저기 하라"는 건 눈치껏 알아들어야 해요.

이웃사촌

학교에 다녀왔는데, 집에 엄마도 없고 열쇠도 없는 날이면
현관문 손잡이에 가방을 걸어두고 놀러 나갔어요.
갈 수 있는 곳은 많았어요.
앞집 초인종을 눌러서
"이모, 엄마가 없어요." 해도 되고,
위층 친구네로 가서 같이 학습지를 풀고 있어도 되고,
7층 동생네로 가서 놀거나 4층 친구네로 가서
이모들 뜨개질하는 걸 구경하며 엄마가 오기를 기다릴 수도 있었어요.
그렇게 이웃집 어디에서라도 놀고 있으면
나를 찾는 엄마의 전화가 걸려왔지요.

우리 집에 늦둥이 막냇동생이 태어났어요.

오빠랑 나는 동생이 무척 귀엽고 예뻤어요.

장난꾸러기 오빠는 사랑을 가득 담아

개똥이라고 불렀어요.

그리고 나는 '몽지'라고 불렀어요.

삼 남매가 되었어요 !

내 동생 곱슬머리 몽지

우리 집에 늦둥이 막냇동생이 태어났어요.

오빠랑 나는 동생이 무척 귀엽고 예뻤어요.

엄마를 도와 분유도 타고, 기저귀도 갈아 주고,

안고, 업고, 놀아 주며 동생을 돌봤어요.

가족들이 동생을 부르는 별명은 다 달랐어요.

태명은 엄마 배가 수박 같아서 수박이었는데,

아빠는 동생을 '깐난이, 깐나'라고 불렀고, 엄마는 '사랑이'라고 불렀어요.

장난꾸러기 오빠는 사랑을 가득 담아 '개똥이'라고 불렀어요.

그리고 나는 '몽지'라고 불렀어요.

몽지라는 별명의 유래!

동생 이름 한 글자 + 귀여운 글자 '몽' = 예니몽 → 애니몽이 → 몽이 → '몽지'

아빠의 친구

참 신기했어요. 막내 몽지는 이제 백일 갓 지난 아기인데
아빠랑 잠자는 모습이 정말 똑같았어요.
아기가 아빠처럼 베개로 얼굴을 감싸고 자는 거예요.
누워서 주먹을 입에 물 때는 꼭 다른 한 손으로
뒷머리를 잡고 빙글빙글 돌리는데, 그 모습도
아빠가 머리를 괴고 누워 있는 모습이랑 똑 닮았어요.
엄마랑 아빠가 셋째를 갖기로 했을 때,
아빠는 태어날 아이가 엄마의 친구가 될 거라고 했대요.
그런데, 그렇게 태어난 늦둥이 몽지는 아빠의 절친이 되었어요.

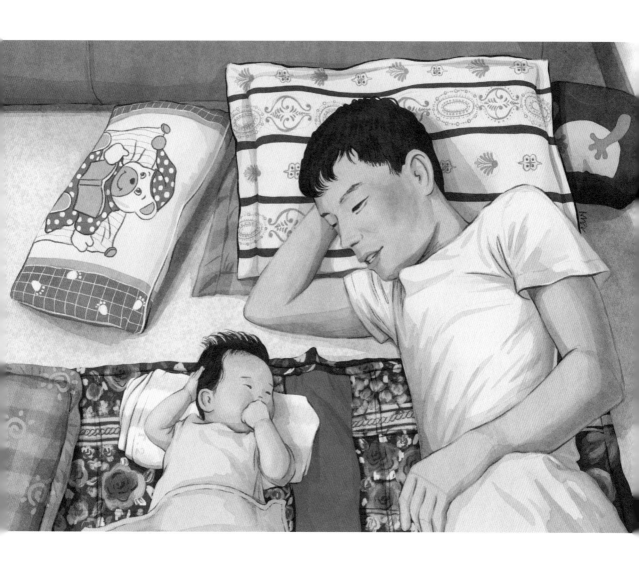

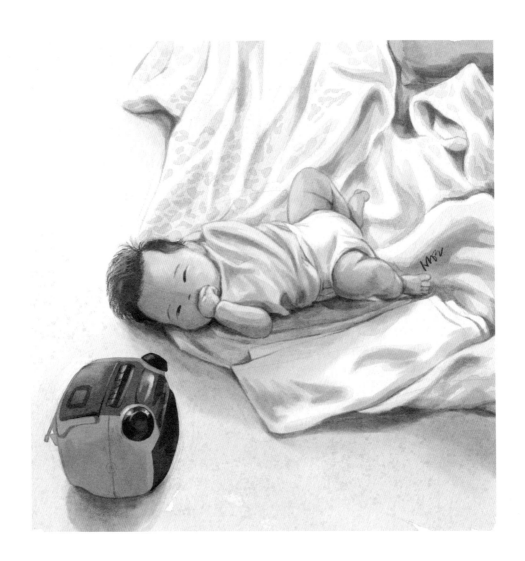

아기 냄새가 나요

집안은 항상 적당히 온기가 있었고,

아기 로션 냄새인지, 분유 냄새인지, 분 냄새인지…

뭐라고 설명하기는 어렵지만 귀여운 냄새!

아기 냄새가 몽글몽글 온 집안에 가득했어요.

거실에는 몽지가 누워서 놀 수 있게 이불을 깔아 두었어요.

카세트로 틀어 놓은 음악이 잔잔하게 흐르고,

몽지는 팔다리를 내둘내둘*하며 놀았어요.

* 내둘내둘 : 전북 지역의 방언으로 '이리저리 자꾸 흔드는 모양'이라는 뜻이에요.

내둘내둘

내 동생, 몽지야~!
손 보고 놀고, 발 보고 놀고,
바둥바둥 내둘내둘 꼬물꼬물 놀고 있는
동생 옆에 나란히 누워봤어요.

천장에 벽지 무늬가 보이고,
아기 천사 모빌이 보이고,
내 동생 심심하지 말라고
오후의 햇살이 만들어 준
여러 모양의 그림자도 보였어요.

"이렇게 누워 있어도 재미있는 게 참 많구나."
귀여운 아기 냄새가 몽실몽실 나는 몽지 이불도 같이 덮고
한참을 아기 몽지 곁에서 놀았어요.

어린이집 버스가 오면

엄마, 아빠가 맞벌이 부부여서
몽지는 돌 무렵부터 어린이집에 다녔어요.
몽지의 첫 어린이집부터 마지막 유치원까지
나는 몽지의 하원길을 거의 매일 함께했어요.
어린이집 버스에서 내리던 작은 아기.
언니라고 반가워하며 내 품에 포옥 안긴 채
목을 꼭 끌어안고 매달려서 집까지 오곤 했었어요.
아기였지만 나한테는 좀 무거웠는데,
그래도 내가 언니라는 자부심에 항상 동생을 안고
아파트 입구에서 집까지 올라갔어요.
엘리베이터에서 만나는 어른들이 동생이냐고 물으시고,
귀엽다, 기특하다고 말씀해 주시면 더 힘이 나서
동생을 추켜 안았어요.

쭈쭈바 꼭지

말이 없고 조용한 성격이 똑 닮은 두 사람.
꼭 사랑한다는 말을 하지 않아도
그윽하게 바라보는 눈을 보면 알 수 있어요.
아빠가 동생을 얼마나 사랑하는지를.

쭈쭈바에서 제일 맛있는 부분이라는
꼭지 부분쯤이야 너에게 얼마든지 줄 수 있다는 듯.
오물오물 쫍쫍 맛있게 먹는 모습만 봐도
쭈쭈바 꼭지 열 개는 먹은 것처럼
달콤하고 흐뭇한 미소가
아빠의 입가에 번지곤 했어요.

눈처럼 맑은

깨끗하고 맑은 웃음.
그 시절에만 가지고 있는
하얗고 깜찍한 웃음.
시리도록 추웠던 겨울 어느 날
예쁘게 반짝거렸던 너의 웃음.
그날을 추억하며
오늘도 난 행복해.

머리 위로 하트를 할 수 있어요

머리 위로 하트를 할 수 있는 신체 비율을 가진 나이, 만 4세.
"사랑해요~"를 해달라고 하면 만세를 하던 시절을 지나
머리를 잡고 동그라미를 만드는 시기를 거쳐
이제는 제법 모양이 나오는 하트를 만들 수 있을 만큼 컸어요.
동생의 개인기가 날로 발전하는 것을 보는 건
꽤 보람 있고 흐뭇한 일이었어요.

창의력 대장

TV에 나오는 뿡뿡이가 만들기를 하면 몽지도 따라서 만들기를 했어요.
뿡뿡이가 하는 것마다 몽지가 다 하고 싶어 해서
엄마는 가끔 버거울 때도 있었대요.
만들고 싶은 것, 하고 싶은 것이 날마다 머릿속에 퐁퐁 샘솟는 듯한 몽지가
고슴도치 언니 눈에는 진짜 천재처럼 보였어요.

편안해요

몽지는 종종 소파 위로 올라가
나무에 매달린 코알라처럼 기대어 있었어요.
세상에서 가장 편한 모습으로요.
따사로운 여름 햇볕이 몽지 등에 올라타면
자울자울 잠이 들락 말락
멍~하니 휴식을 즐기던 몽지가
시원한 곳을 찾아 소파에서 내려왔어요.

언니가 잠든 사이

마냥 예쁘고 사랑스러운 내 동생인 날도 있었지만,
귀찮고 성가신 짐 같을 때도 있었어요.
좋았다가, 싫었다가 어린 마음은 변덕쟁이였지만
내가 잘 때도 내 옆에만 맴돌며 놀고 있던 몽지를 보면
'내일은 더 소중히 대해 줘야지.' 하고 마음을 가다듬었어요.
나는 그렇게 조금씩, 진짜로 언니가 되어갔어요.

언니 미용실

누군가 살살 부드럽게 머리를 쓸어 주거나 머리카락을 만져 주면 기분이 좋아요.

학교에서도 친구들이 내 머리카락을 한두 가닥씩 잡고 땋아 주면

기분이 좋아 그냥 가만히 머리를 맡기고 있었어요.

집에 오면 나는 몽지 머리를 만져 줬어요.

몽지 머리를 묶어 주는 담당이기도 했고요.

양 갈래 머리도 해 주고, 땋은 머리, 세일러문 머리, 공주 머리,

몽지가 원하는 머리 모양은 다 만들어 줄 수 있었어요.

꼬리빗으로 가르마를 사사삭 타면 간지러워서 몽지가 목을 움츠렸는데

그 모습이 정말 귀여웠어요.

내가 머리를 묶어 주는 동안 머리 방울이랑 핀을 고르며 가만히 기다렸던

작고 동글동글한 짱구 뒤통수를 가진 몽지.

놀이가 되는 마법

우리 집 베개 중에는 짧게 자른 빨대 조각 같은 필터로 속을 채운
베개가 있었어요. 필터 베개는 구름 같은 솜 베개와 달리
만지면 오톨도톨하고 달그락달그락 소리도 났어요.
엄마는 베갯속을 덜어내서 베개를 적당히 통통하게 만들고
남은 베갯속을 통에 옮겨 담는 일은 우리에게 맡겼어요.
'달그락달그락' 소리가 나고 '토도독토도독' 떨어지는 모습이 재미있어서
신나게 주워 담고 만지다 보면 집안일도 어느새 놀이가 되었어요.

사촌 오빠 좋아

명절을 맞아 가족들이 외갓집에 모두 모였어요.
열네 명의 사촌 중 가장 막내가 고등학생이 될 만큼
다들 큰 사람들이 되어서 집안이 터질 것처럼 북적였어요.
어렸을 때부터 사촌들이 모이면 놀만한 또래들끼리
무리를 나누어 놀았었는데, 그게 참 익숙했어요.
지금까지도 나이순으로 무리 지어서 모이곤 해요.
모여서 놀이터나 문구점에 가던 나이는 한참 전에 지났고,
그간 묵혀두었던 근황과 학업, 군대, 취업 이야기를 하며
즐겁게 시간을 보냈어요.
몽지는 네 살 많은 사촌오빠와 무척 잘 놀았었어요.
그런데 이제 그 둘도 말수 적은 청년들이 되어 오랜만에 만나니
어릴 적 이야기에 그저 쑥스러운 미소만 지어요.

냉장고를 열고

냉장고 안에 들어갈 수는 없으니까, 대신 문을 열고 잠시 냉장고의 냉기를
온몸으로 느꼈어요. "오, 시원해!"

근육맨

선풍기 바람으로 근육맨이 될 수 있어요. 티셔츠를 선풍기에 뒤집어씌우면
티셔츠 등까지 부푸는 모습이 재미있고, 바람은 시원했어요.

우산을 나눠 쓰는 삼 남매

여름 날씨는 변덕스러워서 비가 올지, 안 올지 알 수 없어요.
우산이 짐이 될 수도 있어 사람 수대로 챙기지 않았더니
비가 내렸어요.
몽지는 작아서 키가 안 맞으니 혼자 쓰고,
오빠가 하나 쓰고, 나는 엄마랑 우산을 썼어요.
그러다 사진을 찍으려고 내가 오빠 우산 속으로 들어갔어요.
그런데 오빠랑 몽지가 우산을 바꿔 쓰는 바람에
나랑 오빠는 작은 우산 아래 바짝 붙어야 했어요.
분명 우산을 쓰긴 했는데
어깨랑 치마가 비에 젖고 있는 내 모습에 웃음이 났어요.

너에게 난

솔직하게 말하면, 오빠는 막내를 나보다 조금 더 예뻐했던 것 같아요.

나랑은 겨우 한 살 차이니까 커 갈수록 점점 친구처럼 느껴졌거든요.

예뻐해 줄 대상이 아니라 정말 친구처럼 동급이 되었달까요.

비슷한 시기에 비슷한 고민을 하고, 둘 다 의젓하게 집안 걱정도 하고,

함께 동생을 돌보기도 하고요.

그래서인지 오빠가 동생을 더 예뻐해도 억울하지 않았어요.

"오빠! 나는 어릴 때 오빠 사랑 많이 받았으니까 이제 괜찮아."

월동 준비

겨울이 성큼 다가와서 옷장 정리를 했어요.
여름옷을 넣고, 겨울옷을 꺼내고, 작아진 옷은 없는지
한 번씩 입어 보다가 안방에서 겨울옷 패션쇼가 열렸어요.
바뀌는 계절을 실감하며 마음이 설레고 신이 났어요.
내가 빵모자를 쓰니 몽지도 나를 따라 빵모자를 쓰고
목도리에 잠바까지 갖춰 입고 나보다 더 한껏 멋을 부렸어요.

호박죽

엄마가 호박죽을 끓이면 우리 삼 남매는 모여 앉아
동글동글 새알심을 만들었어요.
우리의 손맛이 더해진 새알심이 들어가야
비로소 호박죽의 완성이었어요.
그런데 이제는 삼 남매가 다 커서 집에 모이는 날이 많지 않아요.
엄마는 호박죽을 새알심 없이도 맛있게 끓이는
새로운 요리법을 터득했어요.

"엄마! 이번에 보내준 호박죽도 맛있어. 우리, 호박죽 끓일 때면
항상 새알심 만들면서 놀았었는데. 그때 참 재미있었어."

한결같이 꿈을 향해 나아가고 있는

지금의 나에게

잘하고 있으니 계속 가 보자고

말해 주고 싶어요.

부록 1,

사춘기

진실게임

좋아하는 아이랑 조금이라도 가까이에서 사진 찍고 싶었던 마음에
은근슬쩍 자연스러운 척, 그 아이 뒤에 섰어요.
'너한테 장난은 치고 있지만, 내가 널 좋아한다고 티를 내는 건 절대 아니야.'

누가 봐도 엄청나게 좋아하는 티가 나는 사진을 남기고 말았다는 걸
한참 후에야 깨달았어요.

사실은 말이지, 그때

졸업식 날,
내가 굳이
굳이 수돗가에서 사진을 찍은 건
뒤에 네가 있었기 때문이었어.
한 번이라도 더 네 눈에 띌까,
싶은 마음에.

그땐 같이 사진 찍자는 말은커녕
"잘 가라, 보고 싶을 거야."
인사도 못 했잖아.

뭐가 그렇게 쑥스러웠나 몰라.

꿈을 꾸는 동안

초등학교 6학년 때, 미래의 내가 되어 일기를 쓴 적이 있었어요.

다른 친구들은 대부분 꿈을 이룬 미래의 시점에서 일기를 썼는데,

나는 아직도 꿈을 향해 나아가는 중인 미래의 시점에서 일기를 썼어요.

6학년의 나는, 훗날의 내가 이 미래 일기를 다시 볼 때

과거의 내가 꿈꾸었던 대로 살고 있지 않더라도 실망하지 않게 해 주고 싶었나 봐요.

'아직 못 이루었어도 괜찮아. 이 꿈을 포기하지만 말고 살아 줘.'

'혹여 다른 일을 하면서 살고 있을 수도 있지만,

적어도 내가 이런 꿈을 꾸었다는 것만은 기억해 줘.'

그런데 신기하게도 나는 미래 일기에 썼던 꿈 중 이미 이룬 것도 있고,

여전히 품고 있는 꿈도 있어요. 꿈을 이루기까지의 시간을 넉넉하게 잡았던

6학년의 나에게 고맙고, 한결같이 꿈을 향해 나아가고 있는 지금의 나에게는

잘하고 있으니 계속 가 보자고 말해 주고 싶어요.

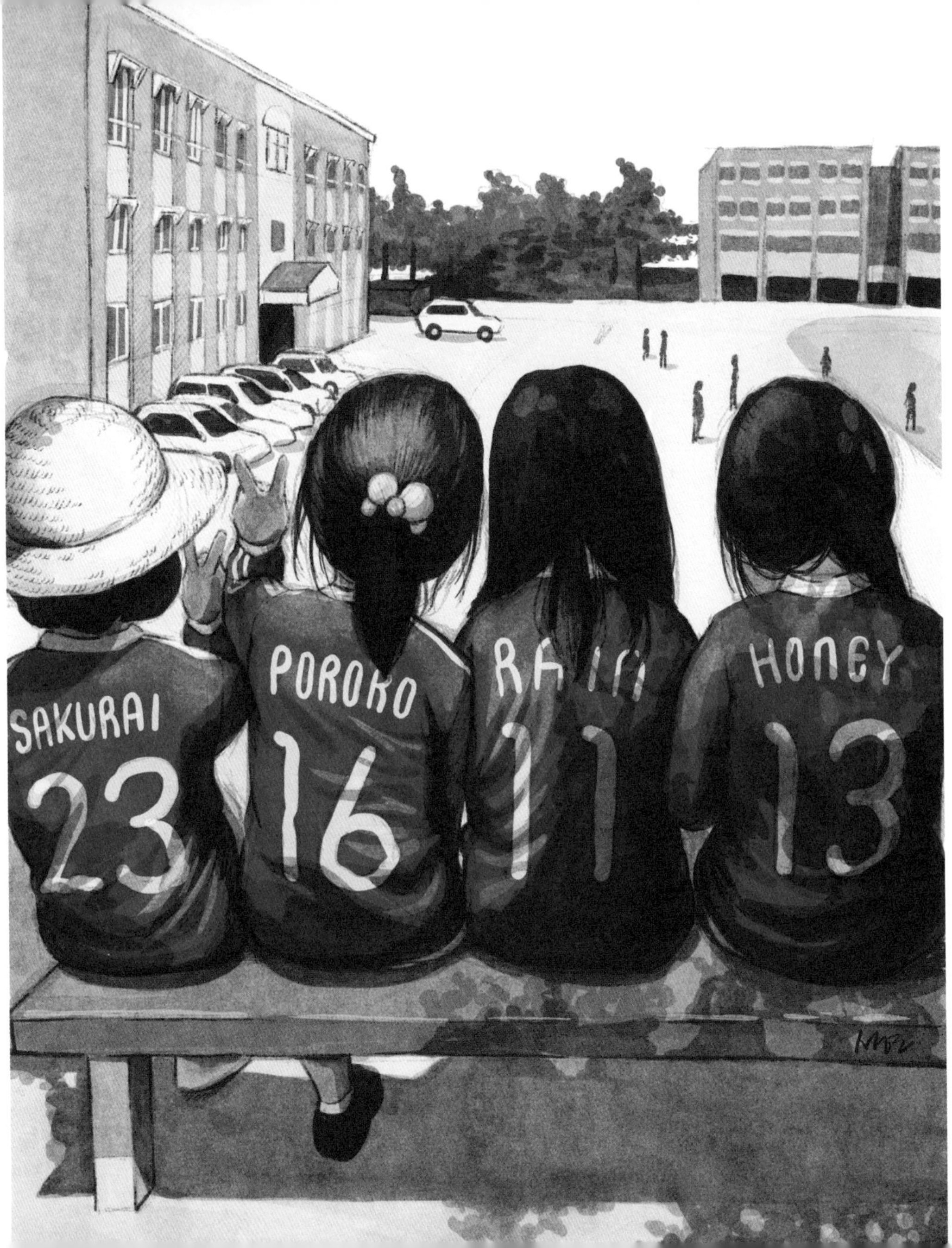
SAKURAI
23
POROKO
16
RAIN
11
HONEY
13

반 티

해마다 체육대회가 돌아오면
반 티를 어떻게 맞춰 입을지가 모두의 고민이었어요.
그해에는 축구복을 반 티로 입는 게 유행처럼 번졌고,
우리 반도 축구복을 고르고 골라 결정했어요.
등 번호는 출석부 번호대로 하고,
이름은 원하는 걸 넣기로 했더니
온갖 취향과 최애 이름이 다 나왔어요.
그렇게 반 티도 맞추고, 체육대회도 잘 끝내고…

반 티는 잠옷이 되었답니다. ㅋㅋ
지금도 아주 잘 입고 있어요.

그때 듣던 노래

야자 끝나고 집에 오는 길.

밤 10시가 훌쩍 넘어서 타는 버스라 사람이 별로 없을 것 같지만

같은 시간에 야자가 끝난 다른 고등학생들과

늦은 시간까지 일과를 마친 어른들로 만석.

늦게 타면 앉을 자리가 없었어요. 그날도 여지없이 서서 갔어요.

같이 탔던 친구가 먼저 내리고 나면 MP3로 노래를 들으며 갔어요.

그때 들었던 재생목록의 노래들을 지금 다시 듣노라면

그때 차창 밖으로 보이던 밤의 시내 거리와

노랗게 퍼지는 가로등 불빛이 아련하게 눈 앞에 펼쳐지고,

어느새 나는 고등학생 때의 기억 언저리에 서 있어요.

특별한 날이었고,

훗날 오늘처럼 정겹게 떠올려 보기에 좋은

소중한 하루였다고,

그렇게 말해도 괜찮겠어요.

부록 2, 엄마의 앨범

엄마의 수학여행

고등학생 시절 엄마의 수학여행.

숙소에 도착해서 짐 풀고, 편한 옷으로 갈아입고,

누구는 세수하고, 누구는 집에서 몰래 챙겨온 카드를 꺼내고,

누구는 애지중지하는 카메라를 꺼내 들고.

"야! 사진 찍자, 사진!"

"나도, 나도!"

"야, 붙어 붙어."

"찍는다, 하나, 둘, 셋!"

그렇게 또, 선명하게 기억될 추억 하나를 필름에 담았겠죠?

얘가 효숙이고, 얘가 진혜, 얘는…

사진을 보며 듣는 엄마의 이야기.

마치 어제 있었던 일인 양 생생하기만 해요.

그 시절로 돌아간 듯한 엄마의 이야기가 무척 정답고 즐거웠어요.

이불 밑이 따끈따끈

바람이 서늘해지고 저녁엔 제법 쌀쌀하니 폭신한 겨울 이불이 생각나요.

날이 더 추워지면 보일러 온도를 높이고 방바닥엔 이불을 덮어둘 거예요.

이불 밑이 따끈따끈해지면 쏙 들어가려고요.

그런 다음 거기서 안 나올 거예요.

언니랑 숙제도 하고, 책도 보고, 고구마도 먹고.

이불 밑이 따끈따끈.

어느 유난히 예뻤던 날

누가 찍어 주었는지 모르는 사진이 있어요.

특별한 날도 아니었던 것 같고, 어디를 가려던 것도 아닌 것 같은데 말이죠.

그런데 엄마가 이 사진에 그 시절에 대한 추억들이 어려 있대요.

"이 머리는 누가 이렇게 묶어 줬으려나, 언니가 해줬나?"

엄마가 소녀일 적, 어느 보통날, 집 마당에서,

그날따라 유난히 예뻐 보여서, 그 순간의 엄마를 담고 싶어서

삼촌이나, 이모나, 할아버지나… 누군가가 찍어 주었겠죠?

그러면 그날은 보통날이 아니고 '엄마가 유난히 예뻤던 날'이었을 거예요.

특별한 날이었고, 훗날 오늘처럼 정겹게 떠올려 보기에 좋은 소중한 하루였다고

그렇게 말해도 괜찮겠어요.

오랜만에 엄마 집에 내려가서 집에 남겨둔 저의 물건들을 정리했어요.

여섯 살 때부터 썼던 일기장들이며 상장, 친구들이랑 주고받은 편지를

모아둔 편지통, 생애 첫 월드컵을 함께 했던 붉은 악마 티셔츠,

고등학생 때 열심히 공부한 요점정리와 노트들, 그리고 대학생 때

밤을 새우며 작업했던 과제들을 정리 박스에 차곡차곡 옮겨 담았어요.

정리를 한다고 책상 밑에 들어가서는 옛날 물건들의 추억에 사로잡혀

한참을 들여다보기만 하다가 결국 정리는 하나도 하지 못하고

그냥 나오기를 몇 번 반복했었는데 말이에요.

조금이라도 내 흔적과 추억이 어려 있는 물건들은 버리지 않고

다 박스에 넣기로 하니 아쉬운 마음 없이 정리를 할 수 있었어요.

나이가 드니 추억으로 사는 것 같다고 아는 분이 말씀하시더라고요.
저도 그 말에 동감해요. 엄마와 함께 본 뮤지컬의 추억이 너무 좋아서
저장해 둔 뮤지컬 예매 페이지를 몇 번씩 들어가 보고, 사진들을 모아
앨범을 만들어서 보고 또 보고, 일기장도 보고 또 보고 하며
추억에 잠기는 걸 정말 좋아하거든요.
지나간 추억을 회상하며 아련한 그리움을 느끼는 건 나이에 상관없이,
누구나 마음 한쪽에 가지고 있는 정서인 것 같아요. 좋은 추억을 회상하면
잠시나마 그 기억에 행복한 기분이 들잖아요. '추억으로 산다'는 건 '오늘도
행복하다'는 말과 같은 말인 것 같아요. 그 시절을 추억하는 지금 이 순간도
참 행복하니까요. 충분히 그리워한 후에 가벼운 마음으로 오늘을 잘 살면
좋겠어요. 오늘도 지나가면 추억이 될 테니까요.

삼 남매는 이렇게 다 컸어요.

안뇽!

몽지네 앨범

© 박서현, 2022

1판 1쇄 펴낸날 2022년 7월 7일

글과 그림 박서현
총괄 이정욱 **편집·마케팅** 이지선·이정아 **디자인** SizZ
펴낸이 이은영 **펴낸곳** 도트북
등록 2020년 7월 9일(제25100-2020-000043호)
주소 서울시 노원구 동일로 242길 88 상가 2F
전화 02-933-8050 | **팩스** 02-933-8052
전자우편 reddot2019@naver.com
블로그 http://blog.naver.com/reddot2019
ISBN 979-11-977412-4-1 03810